神奇小狗雷克斯 Wondrous Rex

佩特莉霞·麥拉克倫　著
艾蜜莉亞·德如別克　繪

鄭榮珍　譯

獻給神奇的說故事人——安娜・米克拉蘭

愛意永隨

佩特莉霞・麥拉克倫

到哪裡可以找到魔法呢？

旭日、滿月、仁慈、

某個人的笑容，

甚至在不會講話的狗身上，

都可以找到魔法。

目次

1.

不知所措

我今年七歲，我的生命即將發生各種「神奇的」事件喔。我剛剛從莉莉姑姑那裡學到新字彙「神奇的」，她是寫書的作家。

莉莉住在我家隔壁，如果我下課的時候，媽媽和爸爸還在工作，我就會去莉莉家裡。我的爸媽是小兒科醫生，專門幫助孩子的醫生。我的朋友丹尼爾說，我們家是「醫生／醫生家庭」。

如果有孩子扁桃腺出了問題、骨頭斷掉、流血，或者嘔吐到他們身上，我的父母都會處理。

我的莉莉姑姑則是處理文字。她一輩子都很愛文字，她教我認識很多字彙，比如「憂鬱的」、「語無倫次的」，當然囉，還有「神奇的」。

我的老師露絲小姐常對我表示讚賞，但是她其實是**有些意見**的。

「妳認識一些很棒的字喔，葛蕾絲。」她說：

「妳為什麼不把這些字寫成故事呢？」

她遞給我一本空白的日記本，我的名字葛蕾絲，就題在封面上頭。

「我不知道怎麼寫故事，」我說：「我姑姑才會寫。」

露絲小姐微笑著，「別以為我不懂妳喔，」她說：「妳的內心裡有故事呢。總有一天，妳會找出來，寫成故事或詩來跟大家分享。」

當我自己走進莉莉的房子，她已經烤好三十六塊薑餅，上頭撒了糖霜，排放得整整齊齊；而她正吃著從玻璃罐裡撈出來的小茴香醃黃瓜。每當莉莉的寫作進行得不太順利，她就會做烘焙，吃小茴香醃黃瓜。

「我**不知所措**了，葛蕾絲。」她說。

這又是一個新字彙。

「我不知道要寫什麼新故事，就像一艘沒有帆的小帆船。我東飄西蕩，需要幫助。我不知所措！」

她又吃了一片醃黃瓜。

「妳一定會想到點子的。」我說。

「我已經在郵局、雜貨店的布告欄以及網路上張貼啟事，徵求助理了。」莉莉說：「妳自己拿餅乾吃啊。」

她把印出來的啟事拿給我看：

某位書籍作家徵求

助理、兼教練、

兼幫手，要能提供

靈感和魔法！

莉莉的電子信箱和聯絡資訊都寫在啟事的下方。

「助理嗎？」我問。

「嗯，一位教練，也許——可以協助我寫作。」

我看見她的桌子上亂糟糟的布滿了紙張、兩杯咖啡和幾本書。其中一本書是專門協助作家的，書名是《下一步呢？!》。

「也許妳的寫作團體會幫助妳。」我說。

莉莉搖搖頭。「也許可以。但是我要找的是一些新的方向，必須來自我自己。」

她嘆了一口氣。「我需要魔法。」她說。

稍後莉莉和我就會想起她所說的字眼「魔法」，因為這正是她最後所得到的。

魔法。

2.

以ㄌ開頭的團體

今天學校只上半天課，而且稍後莉莉的寫作團體要來喔。我很愛她們來，她們並沒有要我跟她們團體待在一起——因為我可能會聽到太多她們的祕密。

莉莉讓我使用玻璃門後的餐桌，那門只是略微關上。

但是大家可別忘了，我已經七歲了，而且我的聽力超級好呢。我把她們的團體取名叫作「以ㄌ開頭的團體」，因為她們所有人的名字都是「ㄌ」開頭的：蘿拉、洛伊絲、莉拉、萊西、盧、拉娜，以及我的姑姑，莉莉。她們都是幫大人或小孩寫作散文與新詩。

她們會先吃點心、交換彼此的消息，然後才會大聲朗讀她們自己的作品。有時候，我會為她們記筆記或畫個圖。有時候，她們的消息非常「具有戲劇性」，一如莉莉的評語。

莉莉很喜歡我畫的圖，還把這些圖畫裱了框。其中一幅寫著「已出售」，周圍有閃亮的星星環繞。其他的寫著「被退件」，周圍則是灰色的淚滴。

今天的新聞是這樣的：

「我的編輯不要我的書。」蘿拉說。

「我上個禮拜在一場研討會發表演說，而我白天的工作麻煩重重。我什麼都沒寫。」洛伊絲說。

「春天到了。我沒有寫東西，改成在我的花園工作。」莉拉說。她兩腿交疊，其中一條腿上上下下的彈動著。她想回她的花園工作。

「我賣出三本圖畫書。有一本正在寄送途中。」萊西說。

「我今天有詩作要朗讀。」盧說。

「我太累了，沒辦法寫作，」拉娜邊說邊打呵欠。「不過我倒是有一些點子。」

這些以ㄌ開頭的團員，不論是沮喪或高興，我統統都畫了圖，還加上我喜歡的文字。

「妳會把想找助手的事情，告訴以ㄌ開頭的團員嗎？」當所有以ㄌ開頭的團員都離開以後，我問莉莉。

「不會。」莉莉說，用電腦檢查她的電子郵件。

她飛快的坐正。「我的老天啊！有位助手很快就要到了！拜託拿一塊泡菜給我。」

「我要留在這裡嗎？」我問。

門上突然響起敲門聲。

「留下來，」莉莉說：「留下來。」她又重複了一次。

她深深的吸了一口氣，打開大門……

3.

雷克斯

有位先生，頭上戴著高高的帽子，站在門邊。他帶著一隻狗，毛皮棕色、光滑，尾巴很長。

「我為妳帶來魔法，」這位先生說：「妳所需要的魔法。」

「魔法？」莉莉問：「我確實是這麼寫的，對吧？」

「妳是這樣寫的沒錯。我幫妳帶來了雷克斯。」他說。

雷克斯搖了搖牠那巨大的尾巴。

那位先生遞了一張名片給莉莉。莉莉把名片交給我。

名片上寫著：**魔法師麥斯威爾**。

「我以前從沒見過魔法師。」莉莉說。

「那我真是太榮幸了。」麥斯威爾一邊說，一邊鞠個躬。

「這位是葛蕾絲。」

「我跟葛蕾絲鞠個躬。」麥斯威爾說。

他隨即鞠個躬。

雷克斯靠著我。牠非常有分量，也很友善。我偷偷塞給牠一塊餅乾。

「雷克斯跟我一起工作很長一段時間了。」麥斯威爾說：「不過，現在牠覺得厭煩了。獸醫傑克說牠變得很憂傷，需要換個新工作。牠很熱愛工作，可以擔任妳的助手。」

「雷克斯會做什麼？」莉莉問。

「幾乎妳所需要的每件事都會。」麥斯威爾說：「這麼一來，牠會很開心，妳也會很開心。」

他把一袋狗糧和兩個碗放在地板上，又從門外搬進來一張柔軟的狗用臥鋪。

「進展如何，麻煩再讓我知道一下，」他跟莉莉說：「我會盡可能再來拜訪。」

「一定的。」莉莉說。

麥斯威爾彎下腰來親吻雷克斯的腦袋，之後就離開了。

我又給了雷克斯一塊餅乾，牠吃掉了。

「啊，我有助手了。」莉莉說。

「真是難以相信。」我說。

「我相信，」莉莉說，「我是一個作家，幾乎什麼都相信。」

雷克斯走到莉莉的書桌邊。牠用鼻子把她凌亂的紙張推成整整齊齊的一疊紙，用牙齒把地上的紙張撿起來，又把一張椅子推到莉莉旁邊，自己坐了上去。

莉莉在電腦前面坐下來。她給了雷克斯一塊餅乾，但是牠只是看著她，那副表情彷彿是在說：「不用再給我餅乾，工作時間到了。」

雷克斯按下電腦上搜尋的按鍵，牠的爪子在鍵盤上移動著。螢幕上出現一排引言。

如果你發現很想閱讀某本書，但是還沒有人寫出來，那麼你就必須去寫出這本書。

——托妮·莫里森

莉莉讀著這段文字。

我也讀著這段文字。我感覺到身上起了雞皮疙瘩。

莉莉笑了，這是她今天的第一個笑容。她開始寫作。

我腦中出現一個令人震驚的想法，一個讓人難以置信的想法。

雷克斯會閱讀！！

雷克斯伸出一隻爪子，很神奇的在莉莉的頁面上插入一個逗點，然後又插入一個分號。

莉莉一直寫、一直寫。過了一分鐘，她轉個

身，伸出手去揉揉雷克斯的口鼻。

雷克斯只有從牠的椅子上跳下來一回。牠走到門邊，看著我。我打開門，我們兩個一起走出去。我們可以聽到屋裡非常穩定的鍵盤聲。

雷克斯走到一棵樹後面，把腿抬起來。然後我們又進屋裡；莉莉還在寫作。

雷克斯走到牠的狗臥鋪邊，轉個身，躺了下來。牠睡覺了。

魔術師麥斯威爾說對了！

雷克斯很開心。

莉莉正在笑著。

她也很開心。

4.

訊息

兩位醫生帶著中國食物回來當晚餐。我媽媽的是素食。我爸爸的是咖哩雞。我吃香辣、令人讚嘆的陳皮牛肉。

「莉莉現在怎麼樣了？」爸爸問。

「她有一位新助手。」我說。

「真的啊？」媽媽說，她的叉子懸浮在盤子上方。她的晚餐看起來就像是葉子和嫩樹枝。「真是難以相信。」她說。

我想起莉莉說的，「我是個作者，幾乎什麼都相信。」

「她有帶來幫助嗎？」爸爸問。

「是他，」我糾正他的說法。「**他**幫了很多忙。但他不說話。」

「什麼？那他是怎麼幫忙的？」爸爸凝視著我。

對於我父母親的難以理解，我報以微笑。

「可以說是某種魔法吧。」我說。

我媽和我爸凝視著我好一會兒。

然後每個人開始吃東西。

我打開我的幸運籤餅，再一次起了雞皮疙瘩。我把那張寫著訊息的紙張攤開來。

上面寫著：

你的才華即將得到認可。

到了學校，我把我的幸運籤拿給露絲小姐看。

「啊，這是給妳的訊息！」她說話的樣子，就像她一直都是這麼盼望著——高興得彷彿這段訊息是出自她的手筆。

丹尼爾跟我一起走路回家，提起他家的白狗，一直以來都幫著他的農夫祖父守護及放牧一大群的綿羊。

「為了提防土狼和野狼侵襲，有時牠就一直守護在綿羊的背後，以便把羊群趕到另一區，」他說：「狗很聰明的。」

「而且，牠們也不會說話。」我一不留神，脫口而出。

「對，牠們不說話。」丹尼爾就事論事的說。

我停下腳步。

丹尼爾也停下來。

「你可以保守祕密嗎？」我問。

丹尼爾點點頭。「我知道很多祕密。」

「我的莉莉姑姑有一隻狗助理，協助她寫作。」我說。

「好棒，我一點也不驚訝。我跟妳說過狗很聰明的。」

他抬腳繼續走路，而我鬆了一口氣。終於說出這個祕密，而且是跟丹尼爾說的。

「醫生和醫生對於這一點有什麼看法？」丹尼爾問。

「他們還不知道。」我說。

丹尼咧開大嘴一笑，這表示他真的被逗樂了。

他沒有再提出任何問題。

「你應該把這個寫成一個故事。」丹尼爾說。

「我沒寫過故事。」我說。

「說不定，很快就會寫了。」丹尼爾一邊說，一邊沿著路轉個彎繼續走向他爺爺的農場。

他沒再回頭看我。

☆

莉莉家沒有排放得整整齊齊的餅乾。

沒有小茴香泡菜罐子。

只有莉莉寫作時敲打鍵盤的點擊聲。

雷克斯在牠的臥鋪睡覺，目前牠的工作已經完成。牠沒有聽到我進來。

我站在那兒，看著這兩位。我不想打擾莉莉或吵醒雷克斯。但是莉莉看見我了，她招手要我過去。

「你看雷克斯在電腦上找到什麼了。」她輕聲細語的說：「你看！」

我看著電腦螢幕。

上面有一段引言：

我寫作是為了找出我在想什麼、我有什麼感覺，以及這些事情有什麼意義；還有我想要什麼，以及我害怕什麼。

——P.M.

「這是個訊息，」我輕聲的說。

我把幸運籤餅裡的紙張從口袋裡掏出來。莉莉讀了，隨即笑了。

「我們兩個都得到了訊息，」莉莉說：「也許我們兩個的任務就是要對這些事情多多上心。」她咧嘴笑了，那模樣跟丹尼爾有點像。

雷克斯聽到莉莉的聲音，站起來，伸展了一下身體，然後對著我走過來。

雷克斯對著門搖搖頭。

牠想要出去。

訊息。

5.

祕密

我媽和我爸，醫生和醫生，下班之後來找莉莉。我很好奇他們會花多少時間。

我爸親吻了一下莉莉。

「我最喜愛的妹妹。」他說。

「你唯一的一個妹妹。」莉莉說。

「嗨，葛蕾絲，我最愛的女兒。」

「也是唯一的一個。」我說。

雷克斯起身走到我媽身邊，坐在她面前。

「嗨，你好！」她說，一邊摸摸雷克斯。

「為什麼你有這隻狗？」我爸問，一邊拍拍雷克斯。

「牠叫雷克斯，」莉莉說：「我幫一位朋友照顧雷克斯。牠是很好的夥伴。牠可以讓我放鬆，牠的體貼讓我文思泉湧。」

我偷偷看了一眼莉莉。她並沒有看著我。

莉莉並不想告訴我媽和我爸有關雷克斯會使用電腦和閱讀的事。

「很好，」我爸爸說：「那妳的助理在哪裡？」

「今天沒有跟我一起工作。」莉莉用輕快的聲音說。

雷克斯看著我的爸爸媽媽。牠沒有去使用電腦，牠也沒有整理紙張。牠沒有坐在莉莉身邊的椅子上。牠只是對著門口搖著頭。

「牠想要出去！」我爸說：「好聰明的狗！看起來就像牠正在說話呢。」

我爸走到門邊，看著莉莉。「牠需要牽繩嗎？」他問。

莉莉和我笑了出來。

「雷克斯不需要。」我說。

「雷克斯不需要。」莉莉附和。

我的雙親大人電話都響了。他們接聽，接著結束電話。「我們必須趕回醫院，」我媽對莉莉和我說：「緊急事件。有四個孩子發生腳踏車事故。」

莉莉對他們揮揮手。

「趕快去，趕快去。如果你們必須工作到很晚，葛蕾絲可以睡我這裡。明天不用上學。」

爸媽親親我，跟我說再見。他們兩位在離開之前都去拍拍雷克斯。

「很棒的狗，」我爸走出門口時，一邊說：「也很聰明！」

「對於我媽和我爸來說，雷克斯是一隻『平常』的狗，」我說：「不是妳的助理。妳有沒有注意到？」

「有啊。雷克斯懂得很多事情。」莉莉說。

雷克斯看著我們好一會兒，然後走向電腦，按下一個鍵。

牠在鍵盤上移動牠的爪子，速度非常快。

莉莉和我對望了一眼。

我們以前從未看過牠移動得這麼快過。

電腦螢幕上出現兩個句子。

這些句子是：

狗知道祕密。狗會保守祕密。

「這是引用自某個人嗎？」我問。

莉莉看起來好像快要哭了。

「不是，」她慢慢的說：「這是牠自己寫的。」

她注視著我。

然後深深吸了一口氣。

「這是雷克斯送給我們的訊息，」她說：「雷克斯會寫作。」

「對，牠可以打出文字。」我說。

莉莉搖搖頭。

「不是的，葛蕾絲。我的意思是，牠知道怎樣將牠的想法告訴我們。」莉莉說。

雷克斯跳下來，到牠的水盆裡喝水。牠推推牠的食物盆，莉莉就將食物倒進牠的盆子裡。

「雷克斯會寫作。」她輕柔的說。房間裡唯一的聲音，就是雷克斯嘎吱嘎吱咀嚼晚餐的聲音。

等牠吃完，牠看著莉莉，然後又看看我。

牠知道我們在想什麼。

雷克斯會寫作。

我媽打電話給莉莉。莉莉打開擴音器，讓我也可以聽見。

「一堆人刮傷和骨頭斷掉，」她說：「還有一堆的父母。」她補充說明，這讓莉莉笑了起來。

「晚安，葛蕾絲。」我媽說。

「晚安。」

我睡在莉莉的客房。那裡有我為作家團體所畫的圖畫，被裱框掛在牆上——有「售出」，也有「被退件」。

半夜的時候，我感覺到雷克斯跳上我的床，來到我身邊。牠躺下來，一隻巨大的前腿橫跨在我身上。

就像個擁抱。

我望著牠的臉。「你是個作家，雷克斯。」我在月光下小小聲的說著：「我希望我也可以變成作家。」

雷克斯仔細的看著我，直到我閉上眼睛。

第二天早上，我在陽光中醒過來，雷克斯已經下床。

在我的床鋪下面，躺著那本上面寫著我的名字、內容依然空空如也的日記本。

日記本的第一頁翻開著，旁邊有一枝筆。

我拿起日記本。也許是莉莉幫我放在這裡的。我走到窗邊的書桌，然後寫下：

我今年七歲，這是我第一次寫東西。我認得字，但是還不知道該如何把字組織起來，才能將我的感覺和想法塑造成一個故事。

不過我有幫手。

也許這個幫手就是我要寫的一部分內容……

——葛蕾絲

6.

一點點魔法

莉莉正在用她的電腦寫作，她的桌子很整潔。前門開著，我聽到雷克斯在外面汪汪叫。

魔法師麥斯威爾正往裡面瞧，雷克斯在他身邊。

「麥斯威爾！」莉莉笑著說：「進來啊。」

「妳好，葛蕾絲。」他跟我說。

「你好，」我說：「雷克斯會寫作！」我不假思索、脫口而出。

麥斯威爾嘆了一口氣。

「是的，我知道，」他說：「我之前沒跟妳們說。我希望讓妳們自己發現牠所擁有的一點點魔法。」

莉莉對他說的「牠所擁有的一點點魔法」報以微笑。

「雷克斯看起來非常開心，」麥斯威爾若有所思的說：「別擔心。我只是來拜訪一下。牠已經在工作了，對吧？」

莉莉的手臂環抱著麥斯威爾。「牠已經在工作了！」她說：「我也在工作了！因為牠，我欠你很多。」

麥斯威爾搖搖頭，笑了。「不，是我欠**妳**。看見牠這麼開心——看見妳也這麼開心——這正是我想要的結果。現在牠是妳的狗了。」

他將一張卡片交給莉莉。

「這是牠獸醫的名字。從這條街走下去就到了。」

麥斯威爾對我們鞠個躬。

「我會不定時來拜訪妳們，」他說：「我得去訓練我的雞。」

「雞？」我問。

「一隻很聰明的雞。」麥斯威爾說。

「這隻雞會做什麼？」

「下次來的時候，我會讓妳們知道。」

他親吻了雷克斯的頭部。

當他離開時，雷克斯守望了好一會兒，然後又跳回牠自己的椅子上。

莉莉笑了。

「沒問題，沒問題。」她說，坐到牠身邊。

「莉莉，昨天晚上，是妳把我的日記本放在我的床邊嗎？」

「什麼日記本？不是。我倒是看到雷克斯用牠的鼻子在翻妳的學校背包。」她說。

我看著雷克斯。

「它翻開到第一頁，旁邊還有一支筆。」我說。

莉莉笑了。

「妳爸爸說過牠是——『聰明的狗』。」

「他什麼都不知道！」我說。

莉莉放聲大笑。

雷克斯看向我們，按下搜尋的按鍵。牠的爪子在鍵盤上移動。

出現兩段引言。

工作中自有樂趣。

旁若無人的跳舞。

莉莉站起來，抓住我的手，然後，雖然沒有音樂，我們卻在房間中狂野的跳舞、旋轉、大笑，直到最後垮在她的沙發上。

雷克斯看著我們好一會兒，才靠過去壓下一個按鍵。莉莉的新故事出現了。

冬日即將與它早臨的幽暗，共坐於外。

「妳在寫什麼？」我問。

莉莉搖搖頭。

「我也還不知道。只是在設置一個場景——一年中的某段時光。我會根據這個看看往後的發展。冬天快要來了？這是讓人害怕，還是讓人**興奮**呢？」

她對著我微笑。

「也許雷克斯會知道。」她說。

我想起麥斯威爾的話——

「擁有的一點點魔法。」

7.

愛與檸檬蛋糕

我的父母要去參加一個醫學研討會，主題是從嬰兒到十三歲之間。現在剛好是春假，所以我整個星期都跟莉莉、雷克斯以及以ㄌ開頭的團體在一起。

和這個作家團體碰面的時候，雷克斯就會再次變回「尋常」的狗。牠可以待在這個團體聚會的房間，不過我得在玻璃門後面的餐桌上畫畫和寫筆記。

她們都不知道雷克斯會聆聽，也懂得她們所說的每個字。

過了一會兒，牠推開門，來廚房喝水。然後躺在餐桌下方，就在我腳邊。

我的日記本就放在我的筆記本下方。我一邊聽，一邊把雷克斯當作擱腳凳，將穿著長襪的腳，擱在牠身上。

今天的新聞是這樣的：

這一週，每位以ㄌ開頭的作家都有作品要朗讀。沒有人背痛，沒有人忙著做園藝，她們的寫作生活都沒有被干擾。沒有人抱怨。

她們正在吃甜點，所以迸發出許多充滿活力的談話。

雷克斯站起來，對著大門搖搖頭。

我讓牠出去，剛好看到丹尼爾經過這裡。他走過來，我們一起坐在台階上。

雷克斯搖搖尾巴。

「雷克斯，你好。」丹尼爾說：「我叫丹尼爾，你好聰明喔。」

雷克斯坐下來，對著丹尼爾伸出一隻腳爪。

「牠第一次這麼做。」我說。

「這是個密碼，」丹尼爾說：「這表示牠知道我知道牠知道什麼。」

我笑了起來。

「你現在正在寫作，對吧？」丹尼爾說。

「你怎麼知道的？」

「妳手上拿著筆啊，」丹尼爾說：「我幾乎跟雷克斯一樣聰明了。」

令人意外的，雷克斯竟然汪汪叫了。

「聽到了沒？」丹尼爾說：「牠在跟我說話呢。」

「我聽到了。」我說。

然後丹尼爾和我一起坐在那裡，很開心有雷克斯陪伴在旁。

丹尼爾離開了，他要去幫助照料他祖父的綿羊。

過了一會兒，以ㄌ開頭的團員出來了，因為吃了甜食，每個人都精神奕奕。

雷克斯很有耐心的等著，讓每個人都拍拍牠，然後離開。之後牠就會回去屋裡，坐在牠的椅子上，等待莉莉把盤子清理乾淨。牠一定也會再來一段引言。

不過，屋裡的莉莉並沒有在清理盤子。她坐在沙發椅上，正在哭泣。

「怎麼回事？」我問。

雷克斯跳上沙發椅，來到她身邊。

「沒什麼！」莉莉說。「我愛你，雷克斯！」

她抱住雷克斯。

「所有以ㄌ開頭的團員，都很喜歡我的故事！她們很喜歡。」

雷克斯從沙發上跳下來，舔了一個碟子，就好像牠知道她很開心，不會馬上就來清理盤子。牠最喜歡沒吃完的檸檬蛋糕，但是對餅乾視若無睹。雷克斯抬頭看著莉莉。

「繼續啊，我的朋友。把剩下的蛋糕都吃光光。」莉莉說。

於是雷克斯照辦了。

「我要把我的故事寄給編輯。」莉莉說。

「妳的故事的題目是什麼？」我問莉莉。

「**訊息**，」莉莉說，她的淚水依然掛在臉頰上。

「**訊息**。」她又重複了一次。

8.

故事

莉莉決定要出門去買這個禮拜所需要的食物。「我要去幫我的狗買食物和點心！」她說：「**我們的**狗，」她補了一句。「還有給以ㄌ開頭的團員的點心。」

「要買甜點喔。」我說，莉莉一聽就咧嘴笑了。

「要一起來嗎？」她問。

我搖搖頭。「妳出門的時候，我可以用妳的電腦嗎？我正在練習寫東西。」

「當然可以啦，」莉莉說：「盡量寫。我有一台筆電，等一下回來，我就給妳。」

當她離開之後，這裡變得很安靜。雷克斯正在牠的狗臥鋪上睡覺。

這裡就只有我了，單獨一人。

我坐到電腦前面。按下開始的按鈕。

我聽到雷克斯起床，在睡眼惺忪中伸懶腰的聲音。牠走過來，看到我坐在莉莉的椅子上。牠爬上自己的椅子。

「我正在練習寫作，」我跟雷克斯說：「我想你應該幫不上忙。」

莉莉的桌子很整齊，一點都不雜亂，也沒有那本專門協助作家名為《下一步呢？!》的書。

我按下一個按鈕，帶出一個空白頁面。

「我想到題目了，」我跟雷克斯說：「但是我就只想到這個。」

跟一隻狗談論這樣的事情，好像很奇怪，其實才不呢，跟雷克斯就不怪。

我將題目打出來：

一點點魔法

「這是麥斯威爾的話，」我跟雷克斯說：「這是關於你的話。但是我現在腦子空空。」

我嘆了一口氣。

然後雷克斯靠過來，叫出一段很熟悉的引言：

> 如果你發現很想閱讀某本書，但是還沒有人寫出來，那麼你就必須去寫出這本書。
>
> ——托妮．莫里森

「我記得這段話，」我說：「這是你送給莉莉的第一段引言。但我不是作家啊。」

雷克斯發出一聲狗的嘆息。

然後雷克斯做了一件我從未看牠做過的事。

牠慢慢往坐在莉莉椅子的我擠了過來。

牠坐上她的椅子，爪子在電腦上移動著。

妳正在寫這本書。妳寫的是關於我們的故事。

我起了雞皮疙瘩。

雷克斯跳下椅子，對著大門搖搖頭。我走過去，打開門。雷克斯走了出去。

我回到電腦上，凝視著牠留下的話。

我伸出手，將雷克斯的這些話印在紙上，這樣我才可以一讀再讀。

我想著那些作家的祕密。

「我是一個作家，」莉莉有一次說：「幾乎什麼都相信。」

幾乎什麼都相信。

我就在講述這個故事。

我現在七歲，而這個故事我以前從沒讀過，一定得把它寫下來——套用托妮・莫里森的話——這是一個關於一隻神奇的狗和一位作家的故事。

我是個作家了！

總有一天，我媽和我爸就會得知雷克斯是有魔法的——

總有一天，麥斯威爾就會帶著他訓練好的雞來拜訪我們。

一定會有更多故事出現。

而我要把這些故事統統寫出來。

9.

書的夢想

我變成作家了。真是萬萬也想不到。但我的朋友丹尼爾並不意外。丹尼爾對什麼都不覺得意外。

我的老師——露絲小姐——也不覺得意外。不過一開始她讀我的故事〈一點點魔法〉時，什麼都沒說。十分鐘後，她坐了下來，凝視著我。她擤了擤鼻涕。她是哭了嗎？

「你的想像力真是令我難以置信，葛蕾絲！」她說。

我很想跟她說，這個故事就是我的生活寫照，我不是真的那麼富有想像力。但這可能會讓她很失望。

「而且妳是用自己的話寫下來的！」她說。

以ㄌ開頭的一位團員曾經在聚會中說過：「如果你當了作家，那可就沒完沒了了。你會寫了之後，又重寫。當你終於寫完一個故事，又得開始寫另一個故事。這是個沒有盡頭的循環啊。」

我直到現在才理解她講的是什麼意思。

我的父母因為得了感冒，提前離開醫學研討會回家了。他們病得無法工作，也病得無法吃東西。他們也不肯讓我進去屋子裡。他們不希望我被傳染。

「幫我拍拍雷克斯。」我爸在回到床上之前，透過電話對我悽慘的說。

所以我又留在莉莉家裡。

她在寫作。

我注視著她給我的筆電。

我需要一個新的題目。我需要一段引言，還有一個字，兩個字，或者許許多多的字。

我需要新點子。莉莉曾經跟我說過，必須是用

她的點子來寫**她的**故事。

莉莉不能跟我說，哪個點子適合我。

雷克斯也不知道什麼是**我的**點子。

然後，事情發生了。

今天學校有教師會議，所以不用去上課。而以ㄌ開頭的團員今天會來參加作家聚會！

雷克斯歡迎她們光臨，然後坐在她們之間。

我提起勇氣。

「在我進去餐廳，聽不見妳們說話之前……」我開始說。

莉莉臉上露出笑容。

「我很想跟大家請教，妳們寫作的點子是從哪裡來的？」

雷克斯安靜坐著，吃著以ㄌ開頭的團員給牠的點心。牠也在聆聽。

她們很樂於分享寫書的點子。她們的活力十分充沛，就算她們現在吃的是蘋果切片、起司和紅蘿蔔。沒有糖。

「我正在寫我那位勇敢曾祖母的故事。」蘿拉說。

「我的童年。」洛伊絲說。

「我正在寫我所希望擁有的未來！」拉娜說。

「我正在撰寫我畢生鍾愛的那幅圖畫。」萊西說。

「我的花園，以及它所帶給我的寧靜。」莉拉說。

「我正在寫有關某個人誕生的故事。」盧說。

「關於某個人走向死亡的故事。」蘿拉說。

「關於愛的故事。」洛伊絲說。

「關於魔法所隱含的真理。」莉莉說。

雷克斯和我看了彼此一眼。我們都知道那是什麼。

「關於一個夢想。」某個以ㄌ開頭的團員終結這段談話。

一個夢想。

我突然想起在我非常幼小時的某些事情。雷克斯看見了我的表情。

「謝謝妳們。」我對這些以ㄌ開頭的團員說。

「妳提出來的問題非常棒，葛蕾絲。」洛伊絲說。

我離開時，她們依然在談論有關寫書的點子。我走向我的筆電，按下按鍵，寫出我的標題頁——

一點點魔法

雷克斯跳上我旁邊的椅子。

我刪掉〈一點點魔法〉這個標題。

「你知道我已經在寫這個故事了，」我跟雷克斯說：「就是你跟我說的。」

雷克斯打了個呵欠，好像在假裝牠根本不記得。

「我打算把我還是個小女孩時的夢想寫出來。」

雷克斯奇怪的看著我。

「我知道，我知道，我現在還是個小女孩。」我說。

我在空白頁面打出一個新的標題：

書的夢想

「我很好奇你會對什麼有夢想。」我跟雷克斯說，並沒預期會得到什麼答案。

雷克斯很溫和的把我從椅子上推下來，自己坐上去。牠寫著：

我對我熱愛的東西有夢想。

「我也是，你熱愛什麼，雷克斯？」

雷克斯寫著：

夏日豔陽
柔軟、寂靜的白雪
新的骨頭
我的工作

還有妳。

我讀了兩次牠的回答。對我來說，這裡頭充滿了狗狗新詩的節奏感。我靠過去，擁抱雷克斯，然後將牠從我的椅子上擠下來。

我的開頭是這樣的：

書的夢想

當我還只是個小寶寶的時候，我媽和我爸會讀書給我聽……

10.

有字／無字

莉莉和我帶雷克斯去獸醫那裡做檢查。為了順應獸醫診所的要求，我們帶著雷克斯的牽繩，走過四條街道。

雷克斯用鼻子嗅著一隻毛茸茸小狗的牽繩。我們繼續往前走，雷克斯聞著人行道，然後在一棵樹旁抬起牠的腿。

「有時候我會忘了雷克斯是一隻狗。」我說。

「我知道妳的意思。」莉莉說。

我們「啪」的一聲扣上牽繩，這才打開獸醫診所的大門。好多位助手衝向我們。

「是雷克斯！我們最喜歡的狗之一。」

雷克斯繞著圈圈跑。

「傑克，」其中一位助手大叫：「雷克斯來了喔！」

傑克從他的辦公室走出來。雷克斯拖著身上的牽繩，朝他跑過去，然後跳到傑克身上，他們兩個面對面了。

「快樂的小子！」傑克說。他看著我們。

「牠不再憂傷了，妳們對牠來說太棒了。」他說。

「對我們來說，牠也是超級棒的。」莉莉說。

傑克幫雷克斯做檢查。「牠現在幫妳工作嗎？」他問。

「是啊。」莉莉和我同時回答。

「牠做什麼工作？」

「牠啟發我的靈感。」莉莉說。

「我們。」我糾正她的話。

「牠還會整理書桌上的紙張。」莉莉說。

傑克看著她，沉默不語。他打開通往他內部辦公室的門，裡頭的書桌上堆疊著凌亂不堪的文件。

「但願沒像我的這麼糟。」他說。

雷克斯進去裡頭，開始將文件整理成整整齊齊的幾疊。牠用牙齒撿起地板上的文件和文件夾，再整整齊齊的放回書桌上。

之後雷克斯坐下來。

「牠只幫喜歡的人做這件事。」我說。

「我對剛剛看見的事情真是無話可說，」傑克跟我們說：「一個字也說不出來。如果把我的想法告訴妳們，聽起來一定會讓人覺得很瘋狂。」

「我知道，」莉莉說：「我知道。」

離開傑克的診所時，他一路看著我們。

「傑克說他『無話可說』。」我說。

「我們卻有無數的話可以說。」莉莉說。

「雷克斯也是。」我說。

我們往前走，雷克斯則是蹦蹦跳跳，凡是停下來拍拍牠的人，都會獲得牠散播出去的歡樂。

歡樂一路伴隨著我們回到家。

我們為生病的媽媽和爸爸製作蘋果醬。丹尼爾和雷克斯陪我一起送過去。

我敲敲門。

爸爸過來應門。

「你要留鬍子嗎？」我問。

我第一次看見爸爸臉上有著一圈深色的鬍子。

丹尼爾笑了。

「我病得太嚴重，沒辦法刮鬍子。」我爸說。他把這一大碗的蘋果醬接過去。莉莉還在上面設計了一圈的蘋果薄片。

「丹尼爾，你好。」我爸說。

「很難過你生病了。」丹尼爾說。

「我也是。雷克斯，你好。」我爸說，臉上有了比較多的表情。

他從蘋果醬的上面拿了一片蘋果薄片，遞給雷克斯。雷克斯很愛蘋果薄片，牠馬上吃了，還汪汪叫了一聲。

「我得去躺下來。」我爸說。他關上門，我們的拜訪就此結束。

「看來他真的病得滿嚴重的。」我們走回莉莉家的時候，丹尼爾說。「我從未想過醫生也會生病。這實在太不尋常了。」

我笑了起來。

我們坐在台階上。

「進行得如何了？」丹尼爾問。

「你指什麼？」

「你知道我指什麼，」丹尼爾說：「我拿到露絲小姐寫給我們的指定作業。難道妳忘了？」

「我沒忘。」我說。

他從背包拿出作業，開始朗讀。

「『寫一篇短篇散文、故事或詩，或者為你喜愛的事物寫一篇觀察報告。要用你自己的話來寫！』妳有沒有寫關於妳喜愛的東西？」

「我開始寫了。」我說。

「叫什麼名字？」

「『書的夢想』。你寫什麼？」

「算是一種詩吧。」丹尼爾說。

我微微一笑。「標題寫了嗎？」我問。

「羊群中的散步。」丹尼爾說，對我咧嘴一笑。

雷克斯汪汪叫。

「雷克斯喜歡我的標題。」丹尼爾說。

「雷克斯喜歡文字。」我說。

這時莉莉打開大門，給我們一盤蘋果薄片，我們就跟雷克斯一起享用了。

11.

驚喜

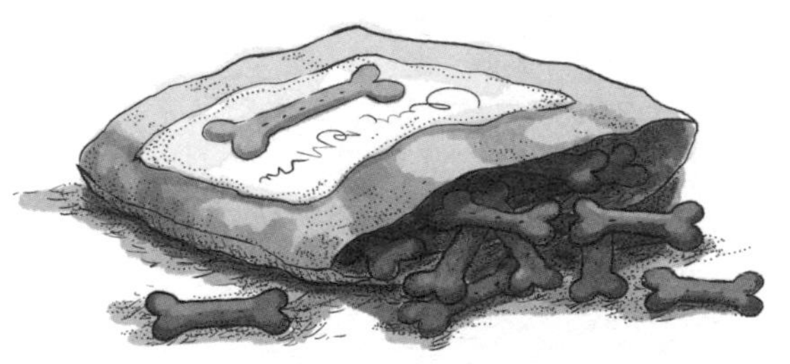

我回家拿要穿的乾淨衣服時，天空下雨了。爸媽警告我馬上回房間去，離他們遠遠的。

雷克斯跟我一起去，我滿驚喜的，因為在牠的喜愛事物清單上，可沒有下雨這一項。

爸爸打開門，我們進到屋裡。

「雷克斯，你也來了，」爸爸說：「我有點心給你吃。」

爸爸打開一包狗點心，給了雷克斯兩塊。雷克斯很開心。

我回到我的房間，收拾我乾淨的衣服。

當我從房間出來時，雷克斯正在媽媽和爸爸的臥室裡，這裡的衣服丟得到處都是。我媽在她的床上對我揮揮手。

「雷克斯在做什麼？」我爸突然問道。

第二個驚喜。

雷克斯今天的行動都不像是一隻「尋常」的狗。牠正在收集散落在房間各處的衣服，放入洗衣籃裡面。

我爸爸瞪大了眼睛。

我想起當雷克斯幫傑克整理他書桌上的文件時，我對傑克說的話。

「牠只幫喜歡的人做這件事。」我那時說。

我爸坐在他的床上，看著眼前發生的事。

「真是太驚人了。」我爸說。

雷克斯把地板上的雜誌撿起來，放到我爸的床上，疊成整整齊齊的一疊，結束牠的工作。

「我現在要走了喔，」我說：「希望你們感覺好一點了。」

雷克斯和我離開爸媽的臥室。

「真是太驚人了。」在我們走出大門前，我聽見爸爸又說了一次。

雨開始下得更大了。

我把衣服攬在外套裡，我們開始用跑的。

「為了點心，對吧？」我跟雷克斯說：「你幫我父母清潔房間，是因為你想再吃些點心。而且，讓人驚訝的是，我想你**喜歡**他們！」

雷克斯一臉天真的望著我。

我們在傾盆大雨中跑回莉莉家。

我跟莉莉說起雷克斯幫爸媽清理臥室的事情，莉莉微笑聽著。

「妳爸爸一直都很喜歡雷克斯，」她說：「雷克斯知道這一點。」

「而且爸爸給雷克斯吃點心。」我說。

「以ㄌ開頭的團員也餵牠吃點心啊，」莉莉說：「但是牠絕不會讓她們知道牠擁有魔法般的力量。」

「真的。」

「我想妳爸爸不會覺得雷克斯是『具有魔法』，」莉莉說：「只會覺得牠很有才華。而且我還知道一件跟雷克斯有關、而妳可能還不曉得的事情。」

「是什麼？」

「雷克斯既仁慈、聰明，具有非凡的魔力。牠還很幽默。」

「對。」

「不過雷克斯也有點狡猾。」

我密切觀察著雷克斯。

「狡猾？」我問：「就像是暗地裡？」

「我把這一點想像成一個暗地裡的真相，帶著一些些幽默。」莉莉說。

雷克斯打了一個呵欠，然後給了我一個嶄新的眼神。牠走到電腦那裡，按下新增空白頁的按鍵。牠寫著：

我喜歡帶給別人驚喜。

狡猾。帶著一些些幽默。

12.

多「神奇的」一件事

這些事是突然間就發生的。

學校再過幾個月就會放假了。

到了夏天，我就要八歲了。

爸媽狀況好多了，已經回去工作。現在他們對於雷克斯有了新的看法，尤其是我爸。每天雷克斯都會被賦予「真的好驚人啊」這些字眼。

「我的生活愈來愈壯大了。」我跟莉莉說。

「我想妳的意思是『充實』。」莉莉說。

「也許我不想要這麼充實，」我說：「也許我只想維持原樣。」

莉莉看著我好一會兒。

「誰也不能永遠維持在原樣，葛蕾絲。」她說：「生命會以只有你知道的方式不斷改變。」

「我不喜歡這樣，莉莉。」

「我懂，葛蕾絲。我懂。」

雷克斯依然是雷克斯，雖然我現在知道牠既狡猾、聰明，又仁慈，而且是具有魔力。

我也知道事情總是會不斷變化。

上學的最後一天，會舉辦野餐來慶祝。莉莉還有我的父母都來了，就連雷克斯也來了，牠正跟其他的狗在公園裡玩耍。

露絲小姐將我們所有人的作文釘在一面超大的布告欄上。

書的夢想

當我還只是個小寶寶的時候，我媽和我爸會讀書給我聽。

我很愛這些書，喜歡聞書的味道，喜歡在翻書時感覺那光滑、明亮的書頁。

還有裡面的文字。

有一天晚上，我媽和我爸發現我躺在小床上，睡夢中還在翻著書頁。

那時候我就做著書的夢想。

現在我也在做著書的夢想。

——葛蕾絲

當我媽和我爸讀著〈書的夢想〉，他們的眼中含著淚水，想起了以前。

我讀著丹尼爾「類似」詩的作品，一如他說過的。

在羊群中奔跑

我的白狗在一群羊中飛奔——
白色越過了白色
雲朵越過了雲朵——
一隻小小的、勇敢的、忠心的守護者。

——丹尼爾

「我很喜歡這件作品，」我跟丹尼爾說：「雲朵越過了雲朵。」

「謝謝妳。」丹尼爾說。他想了一會兒。

「我一直都覺得妳是個作家，葛蕾絲。」他說，聲音很小，猶如耳語。

我看向他，想知道他是不是在開玩笑，他不是。

「或許你也是個作家。」我說。

他笑了起來，搖搖頭。

「我寧可照顧好一群羊。」他說。

爸媽在上班之前，先將我們全都載回家。雷克斯將鼻子嘴巴伸出車窗外，一雙耳朵朝向後方翻飛著。

「有位戴著高帽子的男人，朝著妳家大門走過去了。」我爸停下車時，跟莉莉說。

「那是我的朋友麥斯威爾。」莉莉說，從車子裡出來。

「他是不是手臂裡夾著一隻雞啊？」我媽問。

「這不可能是真的。」我說。

我說出來的字眼，連自己都嚇一跳。我並不想說出雷克斯是從哪裡冒出的，還有牠現在為什麼跟莉莉在一起。

「妳確定嗎？」我媽問。

我覺得，**最近我的生命一半是真的，另一半則充滿了祕密。也許，我跟雷克斯一樣狡猾了。**

我們揮手說再見。

確實是麥斯威爾帶著一隻活生生、顏色又紅又橘十分鮮亮的雞。

他停下來拍拍雷克斯。

「進來吧，進來吧，」莉莉說：「這位是？」她繼續問著，一邊摸摸雞。

「牠叫露西——囉，是我的母雞，」麥斯威爾說：「不是我幫牠命名的。」他補充說明。

「還好不是，」莉莉說：「你不能就叫牠露西嗎？」

「我就是這樣叫的，」麥斯威爾說：「鞠躬，露西。」

露西對著我們低頭鞠躬，再從麥斯威爾手中吃穀子。

「對著狗兒叫一聲，露西。」他說。

露西打開嘴，對著雷克斯發出三聲短促的咯咯叫聲。

雷克斯以汪汪叫聲回應。

之後露西跟我們表演牠會數數——「一個咯咯叫、兩個咯咯叫、三個咯咯叫」，以及往後的數目。

「牠非常有愛心。」麥斯威爾說。

他把牠交給我，牠就依偎在我的臂彎裡，感覺好溫暖啊。

「我以前從沒抱過雞耶。」我說。

露西很安靜。

「從來沒有過。」我對著麥斯威爾添加了笑容。「這是神奇的際遇。」

「啊，是呀，好神奇！在妳身上即將發生許多新鮮與神奇的事情，我沒辦法幫妳一一細數，」麥斯威爾說：「妳會知道該怎麼處理這些事情。把這一點當作耳語一樣，放在妳的腦袋中吧。」

麥斯威爾假裝對著我的耳朵低語。露西將牠的頭靠著我，而我想著他所說的話。

他已經將雷克斯給我們了，雷克斯就是一件神奇的事情。

是否還會有其他神奇的事情發生呢？

已經是傍晚了，我的父母會工作到很晚。

明天以ㄌ開頭的團體又要來參加作家團聚。

雷克斯會坐在她們的團體之中。牠總是會在一旁聆聽，然後時不時推開玻璃門，讓我可以更清楚的聽見她們的對話。

我想著麥斯威爾對我說過的話。那些話聽起來就像是個承諾。我也記得莉莉說過，事情不會老是維持原樣。但是事情只會以我所知道的方式不斷改變。

我走向我的筆電，按下新增空白頁的按鍵。我寫著：

神奇的事情

雷克斯進入餐廳，看著我。

「空白螢幕。」我跟雷克斯說。

雷克斯做了我心底偷偷很希望牠做的事情。牠將我慢慢擠出椅子。

換牠坐下來，寫著：

妳知道的，耳語。

我知道？

雷克斯從椅子上下來，走進廚房去喝水。我知道？雷克斯知道我所知道的是什麼呢？

我想起麥斯威爾的話。

這時我突然就知道我所知道的是什麼了！

我寫著：

我今年七歲。

我是個作家。

但是我知道事情不會總是維持原樣。

我還知道一件很神奇的事情。

當我長大以後，雷克斯不會還在我身邊。

但是就算這樣，我也不會悲傷，

我會擁有

腦袋裡的耳語——

是誰幫我找到引言的——

是誰送來理路清晰的文字
以及塑造了故事——
我會將這位提供耳語的人，稱之為「雷克斯」。

——葛蕾絲

我回到床上，我知道雷克斯會過來。

而牠真的來了。牠躺在我身邊，用牠的前腿環抱著我，就像一個擁抱。

多神奇的一件事。

解說

相信生活的魔法，能讓我們完成夢想

顧翠琴（資深閱讀推廣人）

本書圍繞著七歲的葛蕾絲如何將內心的故事，寫成作品跟大家分享的歷程。故事的主角是小女孩、作家姑姑和名叫雷克斯的狗。

葛蕾絲的姑姑是作家，和作家朋友組成一個分享各自作品的寫作團體。姑姑會在聚會時準備各種點心，葛蕾絲則會畫下團員沮喪或高興的模樣，並加上自己喜歡的文字。這樣的日常活動因姑姑需要徵求一位協助寫作的教練有了改變。

小狗雷克斯是魔法師的助手，獸醫師診斷出牠因厭煩工作變得很憂傷，需要換新工作，於是魔法師帶著雷克斯前來應徵莉莉的助手，希望能讓雷克斯開心。雷克斯第一件做的事是用自己的鼻子把莉莉桌上凌亂的紙張推成整整齊齊的一疊紙，又用狗爪子在鍵盤上移動，電腦上出現了：

如果你發現很想閱讀某本書，但是還沒有人寫出來，那麼你就必須去寫出這本書。

——托妮．莫里森

因為這個提醒，莉莉又開始寫作了。作者將雷克斯設定為「知道祕密也會保守祕密」的狗，而且只幫喜歡的人做事。牠因為啟發莉莉和葛蕾絲的靈感而擺脫憂傷，同時也幫助了人們。

寫作需要的魔法是一個新的題目、一段引言，還有許許多多的詞彙和新點子。葛蕾絲相信莉莉說的：「我是個作者。我幾乎什麼都相信。」——這個「相信」為創作者帶來新想法和新突破。

本書讓我們讀到七歲小女孩突破自我、學習寫作的技巧，並鼓勵自己改變現狀。另外，像是我閱讀這段句子時：「雷克斯仁慈、聰明，具有非凡的魔力。牠還很幽默」，也開始思考整個故事中，雷克斯的哪些行為符合這樣的描寫。這同時也是從主角的動作和行為讓讀者感受主角的個性，向作者學習使用文字。再者，故事中提到媽媽的晚餐是素食：「她的晚餐看起來就像是葉子和嫩樹枝」、「姑姑已經烤好三十六塊薑餅，上頭撒了糖霜，排放得整整齊齊的」。這兩段讓我腦中浮現一些畫面，想著可能是哪些種類的菜，薑餅是怎麼排的？還有故事中提到的小茴香醃黃瓜、咖哩雞、陳皮牛肉、蘋果切片、檸檬蛋糕、紅蘿蔔等等食物的語詞，也讓人在閱讀時想到：我認識這個食物嗎？吃起來是什麼感覺？故事中人物為何喜歡吃這種食物……這些都能增加我們探索故事背景和當時當地文化的興趣。

「對熱愛的東西有夢想」是作者傳達給讀者重要的生活態度。我們對自己想做的事若有熱情，一定會盡全力達成，也會相信生活中出現的幸運是一點點魔法促成的。

解說

心中有太陽升起

吳在媖（兒童文學作家）

說起「寫作」這件事，會讓你聯想到什麼呢？「分數？壓力？沒靈感？痛苦？」還是「自由？表達？神奇？魔法？」

我跟國中小學的孩子們談「寫作」時，常常聽到他們把「寫作」當作苦差事。我好奇詢問原因，孩子們給我的答案大多是：「對題目沒有感覺，不知道要寫什麼」、「短時間內就要寫出三到四段，寫了第一段就不知道第二、三段要寫什麼」、「被規定要寫到六百字以上，沒想法，很痛苦，只好亂掰」……我默默的聽著，並自問：如果是我，被強迫在短時間內，寫自己沒有感覺的題目，還要達到字數上限，我是否做得輕鬆愉快，還會愛上這樣的活動？

有人可能覺得，對作家來說，「寫作」應該是一件比較輕鬆愉快的事吧？但我得老實說，身為兒童文學作家，在我的一生中，寫作並不「總是」容易的事。七歲的我，就像書中七歲的主角葛蕾絲，雖然認得字，但還不知道如何把這些字「組織起來，才能將我的感覺和我的想法塑造成一個故事」。那時的我，常常拿著「提早寫作」的本子，追著正在掃地的媽媽問：「『我的媽媽』到底要怎麼寫啊？」我跟媽媽有許多日常活動，但要怎麼「組織」才能把我抽象的「感覺」和「想法」寫成一篇完整的文字？

長大後，就算自己寫書出版了，「寫作」也還是會遇到瓶頸，就像書中葛蕾絲的莉莉姑姑，雖然已是作家，也會遇到沒靈感、寫不出來的困境，只能做烘焙、吃小茴香醃黃瓜，轉換心情，等待靈感的到來。

書中莉莉姑姑有一個文學家團體，他們會固定聚會，並分享自己最近的文字作品，他們聚會也時常哀嚎「寫不出來」（讀到這裡，真令人會心微笑）。

還好莉莉姑姑家來了一隻神奇的狗——雷克斯。這隻狗不僅會閱讀，還會打字「給姑姑寫作上的建議」，姑姑很開心，葛蕾絲也開心。但葛蕾絲也有自己的煩惱，學校老師建議葛蕾絲寫自己的故事，但她就是不知如何開始。

雷克斯打字了：「我寫作是為了找出我在想什麼、我有什麼感覺，以及這些事情有什麼意義？還有我想要什麼，以及我害怕什麼。」葛蕾絲記在心裡，繼續過日常的生活，體驗生活中大大小小的喜怒哀樂，「花了很長的時間」，慢慢沉澱出「自己熱愛的事物」，然後在「沒有字數跟體裁的限制」下，寫出了自己的第一篇文字。沒有精雕細琢，但有真誠、有表達、有自由。這是我理想中，每個認識字的人，皆可自然順暢產出的「文字」。

我在帶領大人「繪本人生微寫作」課程時，最常遇到的就是大人們擔心害怕的說：「老師，我不會寫啦！」我微笑著，請大家先不要緊張「寫作」這件事，先聽聽繪本，聊聊心中因繪本而有的觸動，說說自己「所感」、「所想」，一個個人生故事慢慢展現在大家的眼前，這時才是提筆的時候，

「筆隨意走」、「我手寫我口」，下課前大家都寫出了一篇文字。沒有分數、沒有評比，只有真誠的表達與心靈的自由。

孩子們對「寫作」的印象，很多是身邊的大人給予的。其實真正的寫作，應該像是書中葛蕾絲經歷的「寫作過程」：「發自內心」、「沒有字數限制」、「多些時間慢慢沉澱」，如此一來，寫作就是美好的自我表達，是我們天生就有的能力與幸福。

作者佩特莉霞・麥拉克倫，是大家熟悉的作家，她寫過《又醜又高的莎拉》、《雲雀》、《不想說再見》等二十多本溫暖的少年小說，每一本都很好看，每一本都是由孩子來解決問題，讓大小讀者看到「孩子的力量」。

我欣賞作者筆下的這些孩子，他們不是什麼有超能力的天才兒童，他們就跟你我一樣，會迷惘，也有無力感，但只要給孩子們多一點時間成長，孩子們總有他們自己的辦法解決問題；也許不甚完美，但這是孩子們自己想出來的辦法，值得珍惜。筆下的孩子們，總是能讓讀者從心裡發出微笑，這是我每次讀她的書都會深深著迷的地方。

佩特莉霞・麥拉克倫曾經說過：「書會影響心靈，特別是孩子的心靈，因為孩子們都全心相信故事是真的。」那麼這本書，就是陪伴孩子重新認識「寫作」的一本書，讓大小讀者都可以感受「寫作」的魔法與神奇之處，進而相信「寫作」是一件享受的事，是與自己好好相處的美好經驗。

有些書讀完之後，你心裡會有太陽升起，這本就是這樣。

讀書會討論題目

吳在媖（兒童文學作家）

一、書中主角葛蕾絲常常會從莉莉姑姑那兒學到一些特別的字彙，你知道哪些特別的中文字詞或成語嗎？是從哪裡學到的呢？

二、雷克斯曾經打出一段字：「如果你發現很想閱讀某本書，但是還沒有人寫出來，那麼你就必須去寫出這本書。」你心中有沒有很想讀，卻還沒有人寫出來的書呢？說說那是什麼樣的書？

三、書中葛蕾絲跟同學丹尼爾都寫出了自己的文字，你比較喜歡誰的作品呢？說說你喜歡的原因？

四、雷克斯曾經打出一段字：「我寫作是為了找出我在想什麼、我有什麼感覺，以及這些事情有什麼意義？還有我想要什麼，以及我害怕什麼。」你贊同這句話嗎？說說看為什麼？

五、如果題目你自己訂、沒有時間限制、沒有字數限制，你會比較喜歡「寫作」嗎？為什麼？

故事館

神奇小狗雷克斯

作　　者　佩特莉霞・麥拉克倫（Patricia MacLachLan）
繪　　者　艾蜜莉亞・德如別克（Emilia Dziubak）
譯　　者　鄭榮珍
美術設計　達　姆
校　　對　呂佳真
責任編輯　巫維珍

國際版權　吳玲緯　楊　靜
行　　銷　闕志勳　吳宇軒　余一霞
業　　務　李再星　李振東　陳美燕
編輯總監　劉麗真
事業群總經理　謝至平
發 行 人　何飛鵬
出　　版　小麥田出版
台北市南港區昆陽街16號4樓
電話：886-2-2500-0888　傳真：886-2-2500-1951
發　　行　英屬蓋曼群島商家庭傳媒股份有限公司城邦分公司
台北市南港區昆陽街16號8樓
客服專線：02-25007718；02-25007719
24小時傳真專線：02-25001990；02-25001991
服務時間：週一至週五上午09:30-12:00；下午13:30-17:00
劃撥帳號：19863813　戶名：書虫股份有限公司
讀者服務信箱：service@readingclub.com.tw
城邦網址：http://www.cite.com.tw
香港發行所　城邦（香港）出版集團有限公司
香港九龍土瓜灣土瓜灣道86號順聯工業大廈6樓A室
電話：852-25086231　傳真：852-25789337
電子信箱：hkcite@biznetvigator.com
馬新發行所　城邦(馬新)出版集團
Cite (M) Sdn. Bhd. (458372U)
41, Jalan Radin Anum, Bandar Baru Seri Petaling,
57000 Kuala Lumpur, Malaysia.
電話：+6(03)-90563833　傳真：+6(03)-90576622
電子信箱：services@cite.my
印　　刷　漾格科技股份有限公司
初　　版　2024年6月
售　　價　300元
ISBN：978-626-7281-79-6
EISBN：9786267281789 (EPUB)

國家圖書館出版品預行編目資料

神奇小狗雷克斯／佩特莉霞・麥拉克倫(Patricia MacLachLan)著；鄭榮珍譯. -- 初版. -- 臺北市：小麥田出版：英屬蓋曼群島商家庭傳媒股份有限公司城邦分公司發行, 2024.06
面；　公分. --（故事館）
譯自：WONDROUS REX.
ISBN 978-626-7281-79-6（平裝）

874.596　　113002234